Jules Bois
FILIGER

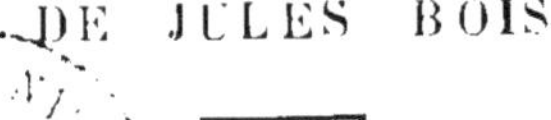

DE JULES BOIS

POÉSIES

Il ne faut pas mourir (dialogue).
Les Noces de Sathan (drame ésotérique).
La Porte héroïque du Ciel (drame ésotérique).
Prière (poème).

PROSE

Les Petites Religions de Paris.
L'Éternelle Poupée (roman).
La Douleur d'aimer (Confession d'un jeune homme).
Le Satanisme et la Magie.

A PARAITRE :

POÉSIES

Hymnaire d'Isis.
L'Antechrist et le Dernier juste.
Au delà de l'Amour.

Prière

JULES BOIS

Prière

POÈME

(1885-1893)

PARIS

LIBRAIRIE DE L'ART INDÉPENDANT

11, RUE DE LA CHAUSSÉE-D'ANTIN, 11

Tous droits réservés

1895

LE RÈGNE DE DIEU

Cette révolution qui s'opère aujourd'hui dans les dogmes, qui fait s'écrouler les autorités humaines, il est juste qu'elle s'accomplisse dans la poésie.

Mais jusqu'ici on a secoué les vieilles entraves, on n'a pas pressenti le nouvel avenir de la liberté.

Qu'importe de briser le rhythme, si ce brise-
ment crée des liens aussi étroits et moins rai-
sonnables ?

Les plis trop corrects de votre vêtement vous
déplaisent et vous gênent ? Ne cherchez pas à
lui imposer une singularité de lignes qui ne
vous siéra point. Obéissez plutôt à l'allure
spontanée de votre corps.

Je crois qu'il en est de même en poésie. Ne
pétraquez pas arbitrairement votre rhythme,
ne lui infligez ni un relâchement paresseux ni
de puériles contorsions. Chacun porte en soi
un rhythme, noble si l'âme est noble, beau si
l'âme est belle. Ayez la franchise de témoigner
et de chanter selon votre âme.

On nous a assez répété que s'équivalent

mensonge et poésie ; il faut que luise enfin la vérité sous la splendeur verbale, que le geste prophétique marque de son tendre ou grandiose élan le vêtement sacré.

Je n'ai pas voulu chanter dans les temples gardés par les rhéteurs, mais sur les montagnes où la pureté laisse davantage respirer Dieu.

———

Une jeunesse dévorée d'inquiétudes et de passions, puis exaltée par la compassion divine — tel est le sujet de ce livre d'où toute frivolité est chassée et où j'ai voulu proclamer la royauté unique, celle de l'Esprit au-dessus de la chair aveugle, au delà de l'âme aveuglée.

Les bruyances de l'Instinct s'anéantissent tristes en leur paroxysme, et la folie de l'Amour naît sur ces ruines impures. Mais la Douleur subtilise la fleur à peine consciente, les tentations l'alimentent de leurs frimas et de leurs flammes ; la fleur est devenue le fruit d'or que seules d'invisibles lèvres, — celles du ciel — devront respirer.

J'ai fait œuvre naturelle et mystique, dédaigneux de tout idéalisme de parade, amoureux de la vie, agenouillé devant le mystère.

On écoute peu aujourd'hui les poètes qui ne cherchent pas à amuser; et, si j'ai voulu expliquer mon esthétique sans timidité ni emphase, c'est pour avertir de la différence de cet effort les intelligences et les cœurs sérieux dégoûtés par les charlatanismes, les excentricités et les outrecuidances de ce temps.

J. B.

Nobles Femmes, — vous qui souffrez dans le silence
Et dardez vos regards inquiets vers l'Orient,
Espérant le héros familier qui s'élance
Le front tout traversé de ronce et souriant, —

Votre attente et votre angoisse longtemps trompées
Rempliront l'univers de leur farouche appel,
Et je vous le promets, — aux flambeaux des épées
Vous le verrez surgir, l'Homme Surnaturel !

Il ne cherchera point les gloires de ce monde,
Il est peut-être là, tout près de vous, charmant,
Accoudé dans les fleurs et seul, tête profonde,
Tendre cœur magnifique et simple infiniment.

Il ne s'en ira point quêter aux portes viles
L'encens et la rumeur, car son orgueil divin
Ne tend vers vos hochets que des bras malhabiles,
Et, s'il est ivre, ce n'est pas de votre vin.

Fortune monstrueuse et destinée amère !
Les roses et les lys qui revêtent son corps
Ne vous font respirer, ô Femmes, que l'austère
Dédain de votre chair et de vos plaisirs morts.

Mais pour vous il viendra, Voyantes, Prophétesses,
Amoureuses que le Dégoût rongea de pleurs :
Il viendra réaliser toutes les promesses
Et garder pour lui seul vos sublimes douleurs.

Il posera sa main sur votre front aride
Et de vous jaillira l'âme des jours futurs,
Nue ainsi qu'un enfant, et comme un roi splendide,
Car l'Archange a sonné vers Dieu : les temps sont mûrs !

Autour de lui, plus souples que les Bayadères
Et plus sereines que les Saintes d'autrefois,
Vous serez les rayons tremblants de ses mystères
Et le grand flot d'amour ruisselant de sa Croix..

DÉDICACE

—

Ce livre n'est pas fait pour ce monde bruyant.

Il n'est pas fait pour les vainqueurs et les habiles ;

Rien de grossier ne l'a sali, ni sang ni bile.

Je l'ai rêvé discrètement loin de la Ville

Pour quelque chaste courtisane ou quelque enfant.

LA BRUYANTE ET TRISTE CHAIR

POUR LA DÉMONE

I

Un soir de joie, un soir d'ivresse, un soir de fête,
— Et quelle fête et quelle ivresse et quelle joie! —
Tu vins. L'impérial ennui sacrait ta tête
Et tu marchais dans un bruit d'armure et de soie !

Tu dédaignas tous les bijoux et l'oripeau
De ruban, de dentelle et d'éphémère fleur...
Hermétique, ta robe emprisonnait ta peau.
Oui, ta fourrure seule autour de ta pâleur.

Tu te penchas sur mon dégoût de vivre
Et sur mon désespoir de n'être pas grand :
« Ce que tu as de différent
« Te lie à moi comme parent.
« Dis-tu :
« Enivre
« - toi de mon froid délire.

« J'ai l'orgueil et la solitude de ma névrose,

« Mon bonheur ne fleurit pas le fumier de ce monde :

« Qui me redonnera le désir de quelque chose ?

« Rien n'est pervers, hélas ! hélas !... tout est immonde.

« Veux-tu que tous les deux, Archanges de la Chair,

« Nous nous enfoncions dans la ténébreuse allée ?

« Elle s'engloutira vaincue et consolée,

« Aux confins de la ténébreuse allée,

« Dans l'abîme du mal. — cette honte : la chair. »

Tu t'apaises et tu me parles.

Ta lointaine voix m'exhorte aux nobles forfaits

Et ta voix, les inflexions de ta voix, un chapelet

De noires perles !

II

Tu chantas ce chant monotone et tendre de l'Ukraine,
Ce chant imprécis et dolent
Où, trop paresseuse, une reine
Aux bras même de son galant
A tant de peine.

Ah ! moderne amour douloureux,
Chair insuffisante et malsaine...
Pourquoi faut-il tant de vigueur
Pour être heureux ?

Le triomphe fuit la langueur.

Où donc l'Eldorado de nos paresses ?
L'effort conscient se devine inutile ..
La lèvre ne va plus vers la caresse,
Que la caresse se presse
Vers la lèvre qui s'exile !

.. Oh! ne chante plus ce chant de l'Ukraine
— Que cette reine a de peine! —
Telle mon âme se traîne.

III

Elle dansa sa danse des reins.

Ses cheveux bondissaient sur elle

Comme le Châtiment sur le Péché.

Je l'aime, ta danse, et je la crains :

Ta sincérité te rend belle,

Mais j'ai l'horreur de ton péché.

Qui donc es-tu, souple animal,

Qui donc es-tu, sinon le Mal ?

L'Enfer te tient, tu es le Diable,

Tu danses avec trop d'élégance

Sacrilège et trop de luxure inexpiable ;

Tu es le Diable d'Amour qui danse.

Es-tu bien l'Amour, es-tu bien le Diable ?

Es-tu l'Infini dans le Néant ?

Tu ne peux être irrémédiable

Puisque tu gémis de ton néant.

Tu te punis d'être le Diable.

Toi le poison, tu te tords :

Toi le blasphème, tu te mords,

Tu es le mal qui sait son tort,

Tu es l'agonie avant le trépas,

L'Amour ? le Diable ? Oh. que non pas !

Tu es le Remords.

IV

Ton désespoir m'est fidèle ;
Ne suis-je pas aimé seul,
Comme le deuil par l'asphodèle,
Comme le mort par son linceul ?

Pour mon dédain des habitudes,
Pour ma haine du naturel,
Pour mes sourdes inquiétudes,
Pour tout ce que j'ai de mortel
Dans mes trop lasses attitudes,
Pour mon tourment, pour son tourment,
Elle m'aime éperdûment.

Mais nous n'avons jamais profané le désir
Dans la bataille de la chair et du plaisir.

V

Le barbare choc de l'épiderme,

L'aventure de la morsure

Et même la caresse pure

Sous la tente des bons cheveux,

Et les soupirs et les aveux

Dans les bras lourds des amoureux,

Futures rancœurs, — je ne vous veux !

Ah ! créer l'étreinte sans terme

Par la pensée et par les yeux,

Selon tes conseils précieux,

— Loin des souillures.

Obscurément, parmi des glas,

Autour de nous sur des coussins,

Râlent en spasmes indistincts

Des couples de pâles seins,

Et ces râles fauves ou las

Font de la vie, hélas ! hélas !

Mais à nous sied le rare orgueil d'être stériles
Et de ne pas perpétuer notre fier vice ;
   Sans mignardises puériles
   Et sans transports brutaux et vils,
   Par notre intime sacrifice
   Nous buvons le sombre délice
   Dans le fantôme d'un calice.

   La chair est morte, alleluia !
   De profundis et gloria !

LE VAIN COLLOQUE

ELLE

Mes plus longues amours ? A peine une semaine...
Tends-moi tes bras, tends-moi tes yeux... retiens ton cœur.

Je n'ai jamais compris une douleur humaine,
Je suis l'horrible muse et la méchante sœur.

Jeune et fort, tu me plais. Je te prends pour ma proie,
Voilà tout. Ne fais pas un rêve pur et vain.

Mes baisers frelatés sont un perfide vin :
Il rend fou furieux, l'élixir de ma joie.

Sais-tu ma vie et mes péchés et mes détresses,
Sais-tu tous mes plaisirs, sais-tu tous mes efforts ?

Quels pleurs ont fait amer l'or menteur de mes tresses ?
Quelles huiles d'amour assouplirent mon corps ?

Maintenant je vieillis et je vais aux jeunesses.
Aux yeux naïfs qui sont conquis par un regard.

Qu'hypnotise la croupe ardente des faunesses,
Qui, ne sachant mentir, sont amoureux du fard.

Je vais vers eux. Et j'ai le barbare délice,
Comme un soleil brutal dessèche un lac d'azur,

D'évaporer sous la chaleur de mon grand vice
La tendresse et la timidité d'un cœur pur.

Cependant j'ai pitié : je ne suis point cruelle
Enfant ! je m'attendris, clémente. à ta candeur

Et je te dis dans notre étreinte habituelle :
Tends-moi tes bras, tends-moi tes yeux... retiens ton cœur.

LUI

C'en est fait, je suis pris dans tes brûlantes chairs ;
Ton corps est l'océan de flamme où je me perds,
Tu te glisses en moi par la porte lubrique.
Petite, tu grandis. Bientôt, pas de réplique,
Pas de lutte, je suis niaisement ton serf.
Comme une meute traque un famélique cerf,
Tes vouloirs aboyeurs m'ont fermé toute issue !
Ironique. tu ris de ma force déchue,
Tu m'entraînes avec des mots, tu me retiens
Avec un chant, un geste, un rire, avec des riens,
Tu fais ma vie infime, imbécile, odieuse,
— Et je m'assieds à ton banquet. Empoisonneuse.

ELLE

Ta colère n'est qu'enfantine. ô mon ami !....
On t'a conté des histoires folles
Pour te détacher de mes bras aujourd'hui :
Mais tant et tant de liens frivoles
Te retiennent à moi. Je t'ai ;
Tu ne peux plus avoir d'autre maîtresse :
Je t'ai tant fait souffrir, je t'ai tant gâté !
Tu ne peux résister à ma volonté,
Dès qu'un coin de ma peau se dévoile à ta tendresse.
Mais tu es trop fat pour que j'étale
L'amour jaloux que j'ai pour toi ;
Tu me quitterais pour une rivale,
Et je te pleurerais toute seule, moi :
Il faut qu'inquiet, tu blasphèmes.
Ou que, dément tu me meurtrisses encore...
Oui, je fais semblant, — tant je t'adore ! —
De ne point t'aimer pour que tu m'aimes...

LUI

Après d'âpres étreintes
Tu me serres contre ta chair très tendrement
Comme pour faire en toi d'éternelles empreintes
De notre embrassement.

Dans mon cerveau j'entends des pensers frénétiques

S'agiter avec des trompettes et des glas ;

Ma raison s'est fêlée à tes yeux magnétiques,

Je te veux comme on ne peut pas.

Un fauve rugit dans mes flancs ;

Il n'arrive plus à mon âme ton sarcasme....

Sans pitié pour tes airs tremblants,

Je vais mourir dans un grand spasme.

ELLE

Quelles bizarres distractions !

D'autres noms que le tien me reviennent.

Beaucoup d'autres noms dont se souviennent

Mes bras et mes palpitations.

Je voudrais pourtant toute être à toi.

Qu'est-ce donc ainsi qui m'en empêche ?

Après tout, puisqu'il faut que je pèche,

Je veux pécher sincère, avec foi.

Mais mon bonheur se perd tout de même...

Quelqu'un le prend... Quelqu'un ? Non.. beaucoup.

Oh ! baise-moi !.. là.. bien dans le cou...

Si tu savais.. va.. c'est vrai.. je t'aime !

Lui

Quand tu me prends sur tes lèvres pâles.
Un souvenir passe dans mon cœur...

Parmi nos amoureuses fringales.
En te fleurant, ô ma triste fleur.
Il me semble que tes froids pétales
Autrefois neigèrent dans mon cœur.

Autrefois !... Mais quand ? Je ne puis dire :
Étais-je vivant, étais-je né ?

Tu me rappelles tout son délire
Et tout mon bonheur infortuné
D'autrefois... Mais quand ? Je ne puis dire :
J'étais peut-être, hélas ! déjà né.

Elle avait au cou le même signe
Que toi-même, et parmi mes bras nus
Avec cette même grâce insigne
Elle expirait ces mots ingénus
Qui font que je rebaise le signe
De ton cou blanc entre mes bras nus.

Qu'es-tu ? Réponds-moi, morte vivante,
Je t'ai connue, il y a longtemps.

Comme l'Autre, ta voix rit et chante ;
Comme l'Autre pâmé je t'entends
Et je revois la morte vivante
Que j'ai connue il y a longtemps.

Une ombre dévaste mes prunelles,
Un souvenir passe dans mon cœur.

Un souvenir aux lenteurs cruelles,
Qui mêle à nos voluptés ses pleurs :
Comme par l'Autre que tu recèles
Devrai-je encor mourir de douleurs ?

O charmant spectre, au milieu des râles,
Quand tu me prends sur tes lèvres pâles,]
La dent de l'autre mord dans mon cœur.

ELLE

Nos deux rêves vont loin l'un de l'autre
En se recherchant éperdûment,
Et tous deux fuient parallèlement.
Symboles de tout amour. — du nôtre.

LUI

Oh ! c'est d'une tristesse ineffable :
Mêler en vain mon sang à ta chair.

ELLE

Je hais ton au-delà trop fier :
Ton rêve s'en va, l'aile implacable.

LUI ET ELLE

Nous nous avons dans nos seuls langages.
Nous sommes bien loin étant bien près.

ELLE

Je crois t'avoir, mais tu disparais.

LUI

Je crois t'avoir, mais tu te dégages.

LUI ET ELLE

Tant d'êtres, de choses entre nous ;
L'Amour, mon Dieu ! quelle horrible joie !

ELLE

L'homme insensé croit tenir sa proie,

LUI

Folle, la femme dit : « C'est l'Époux,
Voici le maître, je suis à lui. »

LUI ET ELLE

Mais tous nous ne sommes à personne,
Nous restons seuls.

ELLE

Tiens, l'heure qui sonne.

LUI

Sans amour, l'heure d'amour a fui.

LUI ET ELLE

Nos deux rêves vont l'un loin d'· l'autre
En se recherchant éperdûment,
Et tous deux fuient parallèlement,
Symboles de tout amour, — du nôtre.

COMPLAINTE

DE

LA PAUVRE CHAIR

I

Chair de gala, chair d'anathème

Pauvre chair que j'aime

Aurai-je fini

De t'aimer ainsi ?

Moi qui chéris d'un cœur étrange

Le sacrifice et le sanglot ;

Dans le silencieux enclos

Moi qui cueille le vœu des anges,

Quand je vois la fille qui passe.

Sa robe éparse et déchirée,

Un bout de la chair adorée

Suffit pour que le ciel s'efface.

Alors les cantiques mystiques

S'éteignent dans ma gorge ardente.

Il se fait nuit, il se fait tard,

Et près d'une banale amante

J'alanguis mes nerfs héroïques

En fredonnant les vers amoureux de Ronsard.

II

O pauvre chair sans merci.

Je t'aime pour ta faiblesse

Et pour ton bruit vain aussi :

Je t'aime pour ta tristesse.

O chair d'anathème.

                    O chair de gala.

N'es-tu pas la même

                    Ici ou là-bas ?

La belle, la laide.

Chacune me tente :

La laide m'obsède.

La belle m'enchante.

Bataille et joie !

La chair parfaite,

Telle une fête

Flamboie.

Mais mon cœur s'épanche

Loin de la beauté

Jusqu'à satiété.

Ah la si dolente,

Ah l'abandonnée.

Celle-là traînée

Par des mains méchantes.

Près d'elle que j'aide

A subir l'affront

Et le désespoir

Je bois le remède

Dont les sots riront,

Et j'aime la laide

D'un grand désespoir !

N'est-elle pas. œuvre imparfaite.

N'est-elle pas mon cher remords

Et toute la plainte inquiète

Des vivants mornes et des morts !

N'est-elle pas

Mon vice bas ?

Elle ne ment pas.

Et n'est-elle pas ma douleur

Et mon abandon ?

Comme moi, sœur loin de ses sœurs,

Aussi seule que je suis bon ?

Tandis que la Belle au cœur vide,

L'indifférente avare, avide,

C'est le péché bruyant et vide,

C'est le démon vide et avide,

Le Démon, le Péché, sans la Rédemption.

III

Mais que tu sois menteuse ou triste,
Que tu sois belle ou défaillante,
Ta rumeur modeste ou bruyante
Se rhythme dans mon cœur artiste,

Et maintenant je comprends bien,
O pauvre chair, que tu n'es rien.

Je t'aimais pour ta faiblesse
Et pour ton bruit vain aussi,
Je t'aimais pour ta tristesse,
Mais tu es morte sans merci.
Dans la subtilité perverse des caresses :
Toi le mal et le souci.
Tu n'as pas supporté le regard de l'esprit.

Je suis descendu dans l'enfer

Avec la lampe profanée,

Mais devant mon âme consternée

S'est évanoui l'enfer.

Pauvre chair que j'aimais,

C'est déjà fini

De t'aimer ainsi.

LE FOL AMOUR

LA JALOUSIE DE DIEU

J'ai tant souffert de ne pouvoir aimer personne,
Car j'avais clos les bras indignes de mes bras,
Les lèvres de frivolités et de combats
Et les yeux où chaque âme impudique se donne.

Et je me suis dressé par des nuits de fureur,
Ivre d'être plus seul en ce monde qu'un moine ;
Ma raison vacillait dans l'ombre et la fureur ;
Il se fendait, mon grand cœur stérile de moine !

Elle vint : et ce fut, mirage d'absolu,
La Tentatrice qui désole et qui s'isole ;
De Christ se décoraient ses fallaces paroles,
Mais elle ne sut pas aimer, elle non plus...

Pour aimer, il faut bien plonger au précipice
Des ténèbres où gît l'aveu substantiel,
Dieu seul et son délice infaillible de ciel
Approfondissent la caverne et le calice.

En Dieu seul place donc l'oraison et l'espoir,
Pauvre Cœur qui gémit du règne du Caprice ;
Les durs vivants qui blasphémèrent ton supplice,
Aime-les tous, mais en Dieu seul, jaloux et noir.

LA MORT DES CYGNES

Sur la plaine du lac, les cygnes glissent,
Spectres d'amour et de blandices.

J'admirais la ferveur de tes lignes,
Ton bras presque nu, l'étoile de tes yeux
Qui me parlait, et, quand défilaient les cygnes,
La nonchalance de ton beau corps pieux.

Ils s'enfonçaient, les oiseaux candides,
Puis émergeaient, puis sur la berge
Dormaient la tête sous l'aile ; oh ! ton cœur vierge
Aux naïvetés tranquilles et timides !

Quel frisson volait de ton geste
Primitif, de l'air chaste, des oiseaux calmes,
Quel languir tombait des branches et des palmes ?...
Oh ! sois ces cygnes, et que le temps s'arrête !

Mais de l'entrelac sombre des branches
Un tonnerre s'est rué contre les cygnes :
L'éclair de ta chair brûle... voici tes hanches...
Va pleurer tes pudeurs, puisqu'ils sont morts, les cygnes !

LE LONG DES ROUTES

I

Lorsqu'une caravane

De femmes aux yeux longs passait près de nous,

J'évoquais ta fugitive âme ;

Lorsqu'un enfant au seuil de sa cabane

Saluait d'un chant triste et doux

Nos fronts fléchis et nos genoux,

J'évoquais l'égoïsme de ton âme.

Ta chair, dans les décors réels de l'aurore,

Ta chair meurtrie -- oh ! ta chair d'azur ! —

Traînait dans des pudeurs de météores,

La neige des sommets mentait ton corps impur...

Si j'avais pu remplir plusieurs amphores

De ta liquide chair d'aurore,

De ta liquide chair d'azur !

Lorsqu'au clair soleil planaient sur la colonne

De naïves chansons d'amour partagé,

Elle, c'était toi, l'Amour, l'amour que j'ai...

Le choc des fusils cadençait l'air qui tonne,

Nous allions au pas sous le chant monotone ;

Elle, c'était toi, l'Amour, l'amour que j'ai...

II

Le long des routes

Nos dos courbés...

... Des corps tombés...

Oh ! le poids du sac et la peur des déroutes !

Pour me soulager des fatigues, des doutes,

Tes baisers d'autrefois pleuvaient le long des routes !

Tu glissais parmi les crépuscules,

Mystérieuse de désespoirs ;

Quelles angoisses ridicules

M'étreignaient aux bruits minuscules ?

C'était toi, dans les crépuscules,

Toi, l'Ennemi, glissant à pas noirs.

Dans le camp nocturne.

Prêt pour les combats,

Je voyais tes yeux

Qui ne me voyaient pas,

Tes yeux taciturnes

Dans nos feux joyeux,

Dans nos feux nocturnes.

Et tu m'apparaissais comme la Patrie,

L'étape suprême de la fin du jour,

L'ombrage où l'on s'étend et l'hôtellerie

Où luit enfin l'espoir de gîte et d'amour...

Hélas ! qui l'atteindra jamais, la Patrie ?

Le long des routes,

Pauvre soldat,

Ecoute, écoute

La voix des souvenirs qui parle bas.

LE CIEL NOIR

L'ésotérique mal dont mon âme s'altère
Tu l'aperçus à peine, ô pauvre cœur unique !
Tu me laisses à mon printemps mélancolique
Qui charme l'âpreté des filles de la terre.

La peur de te plonger en l'extase et l'enfer
Retint l'élan de ton fébrile dévouement,
Qui s'apitoie et qui hésite et se dément
Tandis qu'à mon front pèse un destin de fer...

Reste, puisque tu es, hélas ! pusillanime.
Dans la sécurité de ton étroite foi,
Moi j'approfondirai la ténébreuse loi
Et seul je sonderai le ciel noir de l'Abîme.

LA RUPTURE ÉTERNELLE

I

Je ne m'en irai plus le soir près de la mer
Ecouter ta chanson plus haute que les flots,
Tandis que tes pieds nus parmi le sable amer
Semblaient des lys éclos de tes larges sanglots.

Je ne connaîtrai plus ta joue et ton haleine,
Ton geste où la pudeur met un charme incertain,
Ta grâce ! et l'infini de ta pauvre âme en peine,
Et ces brouillards au fond de ton bel œil lointain.

Je ne te verrai plus, dans la campagne rude
Et les ronces et la férocité des fleurs,
Promener ton martyre agile et l'habitude
De tes flancs à la maternité des douleurs...

Et si faible, le long des routes en poussière,
Tombée au coup d'un désespoir ou d'un remords,
Ta forme, hélas ! flétrie et ta robe éphémère...
Je ne pleurerai plus sur ton débile corps.

Tu peux vivre ou mourir, j'ai pleuré trop de larmes,
Mon cœur, que l'Idéal fleurit loin des caresses,
En l'arsenal de Dieu choisit ses seules armes
Et délaisse toutes amours, toutes faiblesses.

II

Dieu m'a conquis, le Dieu des livres et des âmes :
J'ai trouvé l'Absolu dans le noir des symboles
Et je vais, couronné de flèches et de flammes,
Contre Sathan qui fuit au bruit de mes paroles.
Je vais, et je n'ai plus que le sens surhumain
De la pitié de tous, active et consolante ;
J'ignore l'inconstance et j'ignore la main
Qui menace et la main qui enlace et qui tente ;
La haine est morte, et mort aussi l'amour qui ment,
Et si je veux aimer, c'est éternellement.

III

Tu pleureras un soir, pauvre femme en délire,
Tu pleureras d'avoir trop méconnu l'ardeur,
Et la douceur et la profondeur de ce cœur,
Tu pleureras avec l'effroi d'un froid martyre ;

Tu pleureras, car tu faillis à ce devoir
D'emporter mon frileux amour au coin d'un châle,
Et de sourire, et d'être à ma chair lente et pâle
Le nid de plume et le berceau de nonchaloir.

Tu pleureras ainsi que pleurent les fontaines
Dans les parcs désolés, toujours et vainement !
Tu pleureras l'austère et fugitif amant,
Tu pleureras ainsi que pleurent les fontaines !

Mais je te bénirai de m'avoir fait souffrir
Et d'avoir obligé ma chair aux déchirures
Tellement que Dieu seul parvint à me guérir
Et que joyeux il me couvrit de ses parures.

A CELLE QUI SE PLAINT DE NE PAS ÊTRE AIMÉE

Tu te plains de ne pas être aimée, ô pauvre âme,
Tu cries dans la nuit comme un sanglot des vagues.
Ah, comment consoler ton désespoir de femme,
Puissant comme l'instinct, têtu comme les vagues ?

Ma gorge sèche de l'amour des certitudes ;
Que pourras-tu m'offrir, créature de Dieu,
Qui soit plus qu'un regret ou mieux qu'une attitude !
Tu n'es qu'un rêve obscur dans le péché de Dieu.

Sous toi j'approfondis le Mystère et la Norme ;
Plus loin que tes fiévreux et timides transports,
Je scrute l'Éternel aux tempêtes énormes,
Et je respire l'air sacré dont vit la mort.

Le soir, après les durs travaux, la lèvre amère,
Je m'accoude sur un balcon, tout près du ciel
D'où tombe immensément une étreinte de mère,
Je suis la bouche du soupir universel !

Et s'élève la Voix que seuls les Purs entendent
La voix grave, la voix si tendre en nos déserts
Que l'âme, pénétrée à mourir, se demande
Si ne se rompt déjà la misérable chair...

Rien ne me vaut tes yeux, tes bras et ton silence,
Si ce n'est le mystère infaillible d'en haut ;
Quand ton verbe amoureux s'alanguit ou s'élance.
Seul, il sait être plus pressant, le Divin Mot.

Ne t'étonne donc plus de ma tristesse intense
Même dans ton parfum, ô fleur de l'Univers ;
Le Symbole a lassé mon âme qui s'offense
De tout ce qui n'est pas l'Esprit splendide et fier.

Ne t'étonne donc plus de ma tristesse intense ;
La Beauté même n'est qu'un voile où je m'égare.
Le Mensonge pourrit la saveur des fruits rares,
Je mâcherai l'ardent noyau de la Substance !

CHRIST NE TE BÉNIT PAS

Tu ne cherchas au fond qu'un peu plus d'aventure
En l'histoire cruelle où je perdis mon cœur
Et ma force; et tu n'eus ni la pitié qui dure,
Ni le regret, ni la pâleur de quelque pleur.
Plaignez, mon Dieu, la lugubre aventure !

Tes bras, tu les as refermés sur ton sein morose,
Tes blancs bras qui me bercèrent autrefois;
Tes yeux se sont éteints des lueurs d'autrefois,
Et ta pensée est un fugace oiseau morose.

Christ ne te bénit pas;
Tu peux pleurer, tu peux baiser les saintes blessures
Et contre le crucifix user tes dents,
Tu peux pâlir dans les cilices et les jeûnes ardents,
Et prier, et prier de tes lèvres parjures,
Tu peux te traîner dans les sanctuaires,
Tu peux parler, tu peux te taire,
Christ ne te bénit pas.

Christ n'a jamais béni que les douces Amantes,
Ou Celles qui s'en vont vers Lui, le front charmé;
Christ n'a jamais béni que les âmes clémentes
Pour les hommes ou pour le Divin Bien-Aimé.

Christ n'a jamais béni la banale aventure
Du cœur qui se détache après s'être donné;
Christ méprise le rouge élan désordonné.
Et le recul qui suit et toute l'aventure,

Christ ne te bénit pas.

MES YEUX SONT SECS, JE NE PLEURE PLUS

Tes petits yeux qui clignotaient de tendresse,

Tes lèvres qui se tendaient ouvertes comme des grenades,

Toute ta chair bleue éparse en tes cheveux cendrés,

Tout cela s'est perdu et je n'en trouve plus de trace ;

Et tes seins mignards où je grignotais des muscades,

Et tes seins mignards et toi vous vous en êtes allés !

Je ne pleure plus, mes yeux sont secs, je ne pleure pas.

Toi tu te désoles, ô ma pauvre sœur vaniteuse,

Tu te penches vers des miroirs en agitant des teintures,

Et des crayons et des fioles et des sanglots, hélas !

Tu es si peureuse et si malheureureuse...

On ne t'a pas appris l'amour de ce qui dure.

Je ne pleure plus, mes yeux sont secs, je ne pleure pas.

Que m'importent la ride horrible, et les cheveux pâlis,

Et les années, et le soleil qui dessèche, et la poussière !

Je n'avais voulu que ton âme légère,

Je n'avais voulu de toi que le lys,

Et non pas les chairs passagères

Ni le charme de ton geste qui tremble et faiblit..

Mes yeux sont secs, je ne pleure pas ;

Je n'avais voulu que ton âme,

Et je chérirais encor ton âme maintenant :

Mais tu l'as livrée à tout venant,

Ton âme.

Va-t'en, va-t'en.

Pleine de misère et d'ans,

Meurs tout entière avec tes fragiles appas,

Je ne pleure plus, mes yeux sont secs, je ne pleure pas.

Meurs ! et que Dieu te prenne en sa garde,

Dieu plus puissant que mon si faible cœur :

Meurs, repentie, en le chaste bonheur

De savoir que Dieu te garde et te regarde.

Mais meurs tout à fait pour mon si faible cœur.

Meurs tout entière avec tes fragiles appas,

Afin que ne s'éternisent ton caprice et ma douleur

Afin que je ne pleure plus, que je ne pleure pas.

RENONCEMENT

Oh! des airs, des rires, des pleurs, des paroles...
Et que tu ne sois qu'une ridicule folle
Et que je te méprise et que je t'ennuie !
Oh ! pourquoi n'es-tu pas morte aujourd'hui ?

J'ai beau t'expliquer et te dire les choses,
J'ai beau, j'ai beau m'exténuer,
Tu es bête comme les nuées
Et sourde comme une rose !

C'est que tu es tout à fait la femme,
Et que je ne suis pas tout à fait l'homme :
Je n'intéresse ni toi, ni personne,
Je suis une âme plaintive, sans arme.

Tu racontes que je suis méchant
Et que je t'ai trop fait souffrir
Moi qui ne suis que le grêle chant
D'une corde de lyre qui va mourir...

Tu racontes que j'aime le bruit, les fêtes,

Tous les plaisirs faux et vendus,

Moi qui ne me suis morfondu

Qu'à des exercices d'ascète !

Ah ! je ne t'ouvrirai les yeux

Ni par des cris ni par des gestes,

Je renonce à toi comme à tout le reste ;

Tant pis... j'aime autant prier Dieu...

TENTATION

Beauté du péché, beauté douloureuse,

Beauté d'un crépuscule flamboyant,

Pureté du péché qui souffre, pieuse

Beauté, pureté triste, chant larmoyant.

A MON DAÏMON

O toi, secret ami qui viens près de mon cœur
Chuchoter ta tristesse ardente et ton courage,
Toi l'Invisible, toi l'Archange, toi le Mage,
Tu nourris mon orgueil au suc de ta rancœur.

J'écoute ton conseil qui veut un désespoir
Plus noble que les cris de la plèbe de joie,
Et ton visage, sombre ainsi qu'un jeune soir,
M'illumine d'une détresse qui flamboie !

Mon frère, n'es-tu pas, comme moi, l'expiant
D'un péché trop profond pour que notre âme en puisse
Jaillir avec enfin un remords souriant ?
Ah ! n'es-tu pas l'Éternité du Sacrifice ?

LES ANTÉCHRISTS

Nous sommes les très doux blasphémateurs, qui vont
Parmi le peuple avec des paroles perfides ;
Nos lèvres sont de miel, nos gestes sont timides.
Et nous baisons l'Enfant qui passe, sur le front.

Auprès de nous, Adolescents et Jeunes Femmes
Accourent s'engluer à nos conseils subtils.
— Redoutez les baisers formidables et vils,
Aimez-vous fémininement comme des âmes :

Soyez pervers tout en restant des ingénus,
Soyez mauvais avec des grâces angéliques ;
Sur des bateaux de fleurs, marins mélancoliques.
Embarquez-vous pour des désastres inconnus !

Nous courberons un front hypocrite à l'église
Afin de suborner les chrétiens au cœur droit,
Et, l'élixir du vice, en toute âme qui croit
Nous le versons petit à petit comme on grise.

Propagez la Parole Affable avec candeur :

Que les sexes dépris se fuient avec délices !

Le bonheur ne se boit qu'en d'étranges calices

Et nul fils ne devra surgir de notre ardeur.

Mais nous ne récoltons, hélas ! que deuil amer.

Comme le primitif Jésus que nous suivîmes :

Si nous avons l'orgueil immense de nos crimes,

Notre destin a plus d'orages que la mer.

L'Homme est trop barbare et la Femme trop frivole

Pour ne pas nous crucifier de leurs mépris :

Vers le Calvaire, où s'éterniseront nos cris,

Nous allons écrasés sous l'infâme auréole !

NE SOIS QU'UNE AME

Ah ! berçons-nous,
Très doux, très doux.....

Quelles paternelles tendresses
M'envahissent languissantes ?
Il ne faut pas que tu me sentes
Par de brutales caresses.....
Oh ! mes doigts seuls le long tes tresses !

Sois ma filiale maîtresse.

De bénins bonheurs mineurs
Me pénètrent et me pâment ;
Si tu veux, soyons deux cœurs,
Deux petits cœurs pas moqueurs.
Loin des hommes et des femmes,
Loin des rires et des pleurs.

Ah ! berçons-nous,
Très doux, très doux.....

Cet infini qui te tourmente
Pourquoi l'incarner dans la chair,
Dans la chair obscure et démente ?
Mets ton amour tout nud au clair
Comme un glaive qui se lamente,

    Ne sois plus femme,
      Sois une âme,

Une âme perverse et douce.
Aucun espoir ne se courrouce,
Mais aucun désir ne s'émousse.

    Ah ! berçons-nous,
    Très doux, très doux......

PÉCHÉ NOCTURNE

Alors Sathan rôdait dans ma lumière astrale
Et, la nuit, sur mon front oscillait l'aile fatale.

Vous ne serez plus vierge, ô Vierge, car je vous ai violée ;
Vous ne serez plus vierge :
Délacez votre enfantine gorgerette.
Que vos jupes glissent, vos simples jupes de serge,
Que glissent les voiles et les amulettes,
Et les cliquetants bracelets,
Vous ne serez plus vierge, car je vous ai violée.

Délacez votre enfantine gorgerette ;
Que vos seins de rêve soient tout nus,
Que vos bras de fier garçon soient tout nus,
Que vos jambes fermes et lestes soient toutes nues.
Que votre ventre éblouissant soit tout nu !
Et regarde-toi, regarde où saigne cette plaie.....
Tu ne seras plus vierge, car tu es violée.

Je t'avais aimée comme une sœurette,

Comme une sœurette seulette,

Comme un chaste cœur délicat ;

Je t'avais aimée, fine et fière,

Et toute d'un élan comme une sincère prière.

Je t'avais aimée tout entière,

Ah !

Sais-tu comment je t'ai violée ?

Je t'ai violée, seul, en ma couche vide,

Par la complicité des démons blêmes :

Je t'ai violée quand même sans que tu m'aimes

Et sans que je t'aime moi-même ;

Par la volonté des astres perfides

Je t'ai violée.

Ce péché de nuit et de mystère

Portera son fruit de châtiment.

Va, tu peux pleurer et t'asseoir sanglante sur les pierres,

Tu peux t'agenouiller dans les églises,

Quoi que tu fasses, quoi que tu dises,

Tu enfanteras n'importe comment,

Et ce pauvre enfant solitaire

N'aura ni père ni mère,

Parce que c'est en songe que je t'ai violée.

. . . .

Maintenant j'ai vaincu Sathan dans ma lumière astrale,

Et priera notre fils pour nous préserver du mal.

LE CALOMNIATEUR

Le Démon Sombre aux yeux captieux t'a conquise.

Le démon t'a conquise et tu le crois ;

Hélas ! tu crois sa voix

Et son geste, et l'ombre de sa pensée et sa traîtrise.

Le soir, au seuil de ton sommeil, tu l'aperçois :

Il s'avance vêtu de désespoir et de mollesse,

Formidable et charmant et pensif ;

Ses yeux d'orgueil fascinent ton cœur maladif,

Sa bouche de haine vomit la mortelle détresse.

Et la croix renversée a lui dans l'enfer de ses doigts :

Tu crois le Démon Sombre aux yeux captieux qui t'a conquise.

C'est l'Ange maléfique des calomnies,

Celui qui chuchote d'impures rhapsodies

Que tu crois,

La lourde auréole de ses cheveux d'éclair l'éclaire,

Mais tu n'a pas vu parmi le soufre et la colère

Luire la croix renversée entre ses doigts.

Il divise les cœurs qui s'aiment,
Et la rancune et l'anathème
Surgissent à la noirceur de ses pas ;

Le poison de sa lèvre jaillit, bave vermeille,
Le sang des cœurs a teint son bras,
Il défait les destins comme on casse une paille,
Et la blessure de ses discours ne guérit pas.

. . . .

Mais je prierai le Dieu très bon qui me conseille
Pour que je vainque l'hydre aux morsures de feu ;
Ma dextre brandira pour glaive de bataille
La véritable croix par qui s'ouvrent les cieux !

L'hydre fuira : mais te guériras-tu, ma Bien-Aimée ?
Pourrai-je en mes baisers trop purs te consoler ?
Et reconnaîtras-tu ton meurtri Bien-Aimé ?
Et pourra-t-il, ton bien-aimé, te consoler ?

CE QUE L'HOMME DIT

L'homme m'est apparu, sanglant, dans un soir pâle.

« Que me veux-tu ? m'a t-il dit.

Je pleure et je râle :

Un que je ne connais pas m'a maudit,

Tu parles de vertu, tu parles de prière,

De sacrifice victorieux

Et tu vantes les mornes cieux

Et tu blasphèmes ma poussière

Devant mon mépris silencieux.

Rien de solide dans ta foi :

Moi qui ne crois qu'à mon seul moi,

Je souris de tes turlutaines.

Je tiens le réel et le naturel :

Histrion à mine hautaine,

Tu gesticules jusques au ciel

Et je n'ai même pas de haine

Tant je te plains de cette peine

Que tu prends, et qui est si vaine !

Apprends-moi plutôt à jouir,

Car je ne sais trop que souffrir.

« Tu dis que la Bonté vaut mieux que la Richesse.

Que le bonheur suprême est d'exister pour Dieu,

Qu'il faut se dévouer sans retour et sans cesse

Tu prêches un renoncement mélodieux.

« Je souffre de partout comme un vieux qui se traîne

Après trop d'ans de labeur ingrat ;

C'est un baume qu'il faut à mes bras

Et de la charpie à ma plaie qui saigne

Et je suis las des vains espoirs et des combats.

« Voyons, sois pratique :

Ouvre ta boutique

Montre ta poudre et tes onguents.

Si tu dois me guérir, ne tarde pas longtemps :

Mon cœur rasséréné chantera tes cantiques :

Rien n'est trop pénible ou trop long.

S'il le faut pour jouir, même je serai bon. »

LA TENTATION SUPRÊME

J'ai rêvé d'être un occulte Messie,

Un messie d'Obscurité

Qui, sans savoir s'il doit sauver l'humanité,

Fait l'holocauste de sa vie

Et meurt, tel un vrai Christ, sans savoir qu'il l'était.

J'ai rêvé cet Orgueil hypocrite et profond

De pleurer les péchés du monde,

Avec des yeux aussi simples que l'onde.

Avec un cœur, avec un front

Veufs de faconde,

De les pleurer jusqu'à rédemption

Avec l'humilité d'un Dieu jaloux de l'ombre.

Espoir en l'Idéal, mysticisme pervers.

Exaltation d'un moi rebelle

Qui sait que la souffrance est belle

Et beau le désespoir amer !

O le dernier Sathan, celui qui s'agenouille

Et s'enfonce jusque dans les plaies de Jésus

Et veut que ce Jésus qu'il vénère et qu'il souille.

Devant son noir supplice résolu,

Ne soit plus qu'un Dieu-Femme et digne de quenouille !

« Jésus, dit-il, rêvait l'éternité des temps

« Dont il serait le Roi suave et l'Harmonie,

« Moi je ne veux, pour ma détresse qui se nie,

« Ni le blasphème ni le culte, — mais le Néant. »

Or j'ai chassé l'Orgueil suprême qui nous tente

Comme tente la voix d'un Dieu mystérieux,

J'ai plié les genoux et j'ai fermé les yeux,

Et j'ai pleuré comme un enfant que l'on tourmente.

PRIÈRE

PRIE !

Prie pour moi devant les icones,
Prie pour moi devant les autels fleuris ;
Devant les Christs sanglants, devant les Madones.
Prie comme une sainte que tu es, prie et prie...

Je vais dans les jours, n'ayant de cuirasses
Que mon repentir et ta ferveur.
J'ignore l'épée et la lance et l'audace sagace ;
Je suis un cœur vibrant parmi cette cohue sans cœur.

Prie, la prière est l'agent magique ;
Prie, et malgré les monstres je vaincrai,
Je vaincrai si tu pries de tes belles lèvres sacrées :
Mes ennemis nombreux et bien armés et sataniques.
Tous nos ennemis, les rouges, les noirs, les blêmes.
Et moi-même, le mauvais de moi-même.
Tous mes ennemis je les vaincrai
Si tu pries de tes belles lèvres sacrées.

Je suis si loin de toi..... des lieues et des lieues!

Mon âme vagabonde, sans feu ni lieu,

Mon âme de bouffon qui grimace,

S'en va de rue en rue, de place en place,

Chantant ta grâce et ma disgrâce

Sur le chimérique rebec d'un rayon d'étoile.

Oh ! je suis bien époumonné, et je tousse ;

Je tousse, j'ai pris froid dans les moelles,

Les brises sceptiques m'ont cassé la voix

Depuis que mon Soleil n'est plus là comme autrefois.

Va ! c'est moins qu'un de tes cheveux, un rayon d'étoile !

Pour des passantes, je pleure et je ris,

Je pleure et je ris pour de funèbres passantes ;

Le vice hésite au fond de leurs pupilles malfaisantes ;

Tant de laideur et tant de mal perfide m'attendrit,

Je pleure et je ris.

Et je baise ces lèvres sanguinolentes,

Ces mains, ces yeux, ces cheveux peints ;

Je pleure et je ris, je grommelle et je crains.

Seigneur, pardonnes-tu ces immondes fraieries ?

Ah ! devant les icones, agenouille-toi et prie

Pour me délivrer de l'amour de ces passantes !

Mets ton chapeau de pensées éternelles,

Et tes dentelles de larmes argentines,

Et la robe rouge où tu enfantas ;

Mets les souliers mignards où des aspics sanglotent.

Va-t'en la droite en haut, la gauche en bas,

Parmi les fluides de la nature universelle ;

Que la fauve étoile protège ta poitrine,

Et que ses rayons intérieurs brûlent nos fautes !

Tu diras le nom d'Iaveh quatre fois.

Puis tu diras le nom d'Iaveh trois fois.

Agenouille-toi devant le grand ciel limpide,

Agenouille-toi loin des temples menteurs

Où l'on adore Baal et l'or et le ventre stupide.

Ne va pas aux messes de Sathan,

Ne va pas aux vêpres de Sathan,

Sois franche et droite comme une fleur,

Sois candide !

Écoute prier les collines dans les nues,

Écoute prier les sources sous les vieux arbres,

Écoute prier le vent timide autour des marbres,

Et sois le cœur universel ingénu !

Tu diras le nom d'Iaveh quatre fois,

Puis tu diras le nom d'Iaveh trois fois.

Les démons de l'Air, flottants et maléfiques,

Les démons de l'Eau, squammeux et impitoyables,

Et ceux de la Flamme qui sursautent et se tordent.

Et ceux de la Terre qui rampent et sifflent et lèchent.

Tous les démons seront charmés par ta grâce hermétique

Ils seront charmés et désarmés et favorables.

Au crépuscule tu les verras te sourire doux et proches :

En tes mains le Sceptre dira ta royauté mystique.

Et le Glaive obéissant chantera ta victoire et la concorde.

Aimantes, les Coupes se pencheront vers tes lèvres sèches.

Tu te nourriras de l'Hostie palpitante :

Au milieu des fluides de la nature universelle,

Comme une impératrice bienfaisante,

Tu passeras, parmi un vol de colombelles.

Et les âmes des Morts ennemis s'apaiseront,

Les âmes des morts qui m'ont maudit et me poursuivent.

Acharnés, leurs doigts de ténèbres vers mon front...

Ils fuiront.

Je n'irai plus comme un corsaire à la dérive

Avec le vent du mal épars dans les cheveux,

La nuit je ne m'éveillerai plus en la froideur des bras pâles.

Je redeviendrai le bon et le joyeux,

Quand les Morts mauvais fuiront au fond de l'éther pâle...

Agenouille-toi devant les icones,

Agenouille-toi devant les autels fleuris.

Devant le Christ sanglant, devant les Madones ;

Comme une sainte que tu es, agenouille-toi et prie.

Mais prie surtout devant le grand ciel limpide,

Prie partout où ton cœur frémit,

Prie contre les impurs démons et les morts ennemis

Qui m'ont fait cette existence si sordide.....

Pour des passantes je pleure et je ris,

Je pleure et je ris pour de funèbres passantes ;

Ton absence a rendu mol mon cœur endolori.

Tu me sauveras par tes conjurations puissantes

De cette laideur et de ce mal qui m'attendrit...

Ah ! de tout ton cœur et de toutes tes lèvres, prie et prie

Pour que je sois digne enfin des robes blanches,

Pour que je sois l'élu des Saints et des Anges,

Et des Mages qui vont vers un ciel de pervenche,

Tout-puissants et très doux, loin du mal et des fanges.

LE GRAND DICTAME

De ma lèvre fermée aux antiques prières,

Femme, tu fis jaillir des paroles de foi,

Des paroles d'amour rayonnantes de toi

Et qui montaient vers l'Inconnu, graves lumières.

O Maître, j'ai compris ta tendresse et ta loi,

J'ai compris que le cœur humain, fait de poussières,

Se drape vainement de guenilles altières

Criant : Moi seul je suis à moi-même mon roi !

Le soir vient, où, le front vaincu, la créature

Lève un regard de nostalgie au firmament,

Ce symbole obscurci de la gloire qui dure.

Et le Créateur, bon, charitable et clément,

Verse aux corps maladifs, aux âmes délabrées

Un peu du calme des austères empyrées.

L'UNIQUE ÉPOUX

Sur la plage où son luth baise l'onde et le sable,
Une femme, immobile et regardant la mer,
Laisse sous ses lents doigts au charme redoutable
Sangloter l'infini de son grand cœur amer.

Mais un navire passe… En voyant cette femme,
En entendant ces chants pour la terre inouïs,
Les matelots pensifs ont suspendu la rame
Comme au frisson de beaux regrets évanouis.

« Allez ! ô Matelots, l'Océan vous appelle,
Allez! si j'ai chanté ce ne fut pas pour vous ;
Je suis l'Ange ignoré de l'Amour Éternelle
Et je n'ai sangloté que vers l'Unique Epoux. »

Hélas ! je dois rentrer dans la lutte et la vie,
Il me faudra connaître encor les pires hommes,
Et m'agiter et me blesser parmi les hommes,
Moi qui me croyais bien parti loin de la vie !

Dieu ne veut pas pour moi la douce solitude,
L'ouvrier doit revenir à son labeur ingrat ;
Il faut reprendre, puis encor quitter l'étude,
Et fiévreux se ruer au stupide combat.

Pénible salut, âpre peine !
Les perfides courants détourneront mes pas,
Mes pieds flétris par les départs, mes pieds si las
Hésiteront le long des trappes de la haine...

Mais, mon cœur isolé se conservera pur
Loin du souci de caresser les créatures :
Le mensonge et l'attrait des rouges aventures
Se briseront à mon vouloir plus dur qu'un mur.

.   .   .   .

Vous toutes qui m'avez affligé, frêles femmes,
Et Toi qui me lias dans des chaînes de feu ;
Vous toutes, entonnez vos clairs épithalames,
Je vous livre au sourire apitoyé de Dieu,

Je veux dans mon salut sauver toutes vos âmes.

CHASTETÉ

I

O Toi, la tendre Aimée au corps souple de cygne,
Quand me livreras-tu ton cœur et ta raison ?
— Oh ! ta raison surtout, qui vaut mieux que la ligne
Mélancolique de ta charnelle prison...

Je suis las du baiser tortueux qui t'offense ;
Le plaisir fou n'a plus de charme et de beauté ;
Fais s'attendrir sous tes pieds doux ma fauve enfance,
Comme un vivant tapis de molle austérité !

On en revient, du mal infini qui n'abreuve
Que les buveurs de spleen, de doute et de remords,
Mais l'âme est solitaire et désolée et veuve,
Et les chastes élans blessés sont bientôt morts...

Laisse-moi conquérir ta pensée éternelle,
Qu'en mon cerveau palpite un fraternel esprit !
O cher Soleil, prends-moi, candide, sous **ton aile**
De flamme, où mon salut harmonieux sourit.

Nous serons des amants intenses et très sages
Dont les bras ne sont point crispés contre un destin
Capricieux, et nous aurons, — tels les vieux mages,
Le mépris du bonheur morose et clandestin.

Nous ne nous haïrons jamais, comme les autres,
Peu faits pour une extase où la chair s'abolit :
Lèvres et cœurs mêlés, nous sommes les apôtres
De l'idéal transport et de l'auguste lit !

Rappelle-toi Jésus, Platon, Dante et Pétrarque,
Et parle-moi du ciel, où nos rêves vivront
Tels de grands lys... là-bas je serai le Monarque
Et toi la Reine aux yeux exquis, au pâle front...

II

Mes yeux qui n'ont rien vu des choses de la terre

Sont fiancés à tes grands yeux ivres du ciel,

Toi, Prêtresse du sacrifice essentiel,

Moi l'Apôtre tout déchiré par le mystère.

Quand je regarde tes Yeux, je vois tes Yeux pleurer :
Tes yeux qui n'ont rien du monde terrestre,
Tes yeux lourds de vie passée,
Tes yeux où rien d'humain n'est demeuré,
Rien que ces larmes, oh ! ces larmes amassées,
Ces larmes qu'entassa la vie passée,
Ces larmes à la fois célestes et terrestres.

Quand je regarde tes Yeux, je vois ton Ame passer,
Ton âme passer avec de grandes ailes chastes,
Et quel sublime essor,
Et quelle lumière et quelle blancheur et quel air lassé !
Et quel deuil de vie et quel deuil de mort,
Et quel mépris somptueux des fastes,
Et quel amour de n'être plus,
Jamais plus !

Quand je regarde tes Yeux, je vois ton Cœur passer,
Je vois ton cœur, rouge à cause des plaies
Et de l'inutile sang qui coule ;

Tu saignes, hélas ! d'avoir trop caressé !

Tu connais trop les chères amertumes,

Et les chers couteaux qui blessent en foule,

Et le trop peu de reconnaissance que nous eûmes...

Quand je regarde tes Yeux, je ne vois pas ta Chair passer,

Non, je ne vois pas ta belle et triste chair passer,

Ni le feu malfaisant des convoitises,

Ni l'angoisse fatale des coussins creux,

Ni les glorioles ni les feintises...

Quand je regarde au fond de tes douloureux yeux,

Je ne vois pas ta belle et triste chair passer,

Mais quand je regarde tes Yeux, je vois le doux Jésus passer.

Le doux Jésus qui prie et souffre pour nous autres.

Il est résigné comme tes Yeux, le doux Jésus ;

Il a trop rêvé comme ton Ame, le doux Jésus ;

Il a trop aimé comme ton Cœur, le doux Jésus ;

Mais comme Lui, Tu veux encor souffrir et prier pour nous autres.

Quand je regarde tes Yeux, je vois le Bon Dieu passer...

AUX MÉCHANTS

I

Vous ne connaissez pas la Chair, Vous qui sombrez
Dans son délice horrible et dans ses rouges larmes ;
Vous ne connaissez pas le redoutable charme
De celui qui déchire avec des clous sacrés
      L'opprobre des sens exécrés.

Mais plus tard seulement, quand, frère des étoiles,
Votre cœur s'épanouira vers le jardin
Mystérieux, quand vous aurez troué les voiles
Qui pèsent sur les yeux de l'esprit incertain,
Alors vous connaîtrez l'Arcane morne
Qui fait tous les mages vainqueurs :
La Science s'ouvrira devant votre cœur
Et l'Homme tourbillonnera vers votre beauté
Magnétique par son impassibilité.

II

Vous mourrez tout entier, vous qui n'avez vécu

Que dans les assouvissements et les ivresses ;

Vous mourrez sans honneur dans la froide détresse,

D'avoir été cadavre au lieu d'avoir vécu.

Vous mourrez tout entier, car vous n'avez su vivre.

Le Néant est réel pour qui ne veut pas Dieu.

Ah ! vous pouvez fermer à jamais vos deux yeux ;

Ils ne connaîtront pas l'Extase qui délivre,

Et les vers rongeront votre âme faite chair ;

Vous n'aurez pas le Ciel, vous n'aurez pas l'Enfer,

Vous n'aurez pas le Châtiment qui ressuscite,

Vous descendrez funèbrement selon le rite

Que la loi prescrivit à ceux qui sont perdus ;

Car vous posséderez le rien qui vous est dû !

Vous descendrez dans l'inutilité des choses,

Vous descendrez vers les lourdeurs pas même écloses,

Au fond de la Matière où dorment les métaux

Plus obscurs que la mort des obscurs animaux.

III

Vous vous imaginez avoir capté mon âme
Par le filet obscur où s'empêtre mon corps :
Moins hauts que mon Destin, vous n'êtes pas plus forts ;
Si ma bouche se tait, l'esprit hautain réclame.

Que de soirs, dans la chambre où je veille, exilé
De vos bruyantes et morbides tabagies,
J'ai pleuré noblement sous ma triste bougie
Pour vous, rieurs, blasphémateurs lâches et laids !

Votre acrobatie a nargué cette détresse
Qui fait que vous pouvez exister, malgré vos
Vices, malgré votre égoïsme sans tendresse
Et tout ce dont votre sottise se prévaut.

Mais je n'ai pas voulu que les forces divines
Dévorassent votre âme à jamais toute au mal,
Et le démon hideux qui ronge vos poitrines
S'enfuit au geste de mon pardon sidéral.....

Oui, que vos cruautés vous couronnent de gloires,

Que mes sanglots vous soient rédempteurs, ô méchants !

A vos supplices je réponds par la victoire

Eternelle de vos saluts dûs à mes chants.

Moi, le fils du Seigneur parmi les saltimbanques,

De vos tréteaux je fais un autel, où je sers

A Dieu le parfum de ces vertus qui vous manquent,

Et Vous êtes sauvés, Vous par qui j'ai souffert.

PITIÉ MESSIANIQUE

Parmi la tourbe égoïste et brutale
Mon cœur se clôt, comme une rose blessée,
Et je m'isole au fond de ma pensée,
Claire et fatale.

Jamais Ils n'auront une idée indépendante,
Jamais Ils ne connaîtront l'extase du dévoûment.
C'est la route banale et lente et boueuse qui les tente,
Et non pas l'éclair qui palpite au ciel dément.

Rien ne leur vaut l'épaisseur des rancunes
La bassesse de l'avarice et l'inepte plaisir :
Mangeant leur excrément et buvant leur vomir,
Ils sont plus morts et plus désolés que la lune.

Tantôt passionnés, inconstants et aveugles
Et tantôt froids, calculateurs et rétrécis,
Ils sont laids sans ampleur et méchants sans souci,
Leurs jours tournent aussi stupides qu'une meule.

Mais un sanglot secret sourd de ces noirs esprits,
Un désespoir inconscient qui les travaille,
Et ce regret de Dieu au fond de leurs entrailles
Fait ma Pitié plus forte encor que mon Mépris.

Un vertige me prend de leur tendre les mains
A ces malheureux inhumains
Qui sont le triste genre humain.

Plus le Mal est profond, plus l'Oubli se prolonge,
Plus la torpeur s'étend partout comme une mer,
Plus je sens s'attendrir mon silence, et je songe
Qu'il serait bien doux de mourir pour l'univers.

CHANT DE DÉTRESSE

Je n'ai jamais chanté que des chants de détresse,
Car mes moroses vers, fils d'un cœur pluvieux,
Battent de l'aile de la terre vers les cieux,
Et, toujours combattant, ils se blessent sans cesse.

L'existence est pour nous un tourment sans égal
Pour nous, épris des mornes splendeurs monacales,
Et dont les cœurs, discrets comme des cathédrales
Très vieilles, n'ont plus qu'un lent écho sépulcral.

Si le Devoir, qu'il ne faut pas que l'on transgresse,
N'édictait pas sa loi de bataille et de feu,
Je ne voudrais que m'endormir aux pieds de Dieu,
Pauvre oiseau las, tout au plus bon à la caresse.

GLOSE DE « LA PORTE HÉROIQUE DU CIEL »

Moi que les Anges ont béni suavement
Et caressé puisque tout trompait sur la terre,
Je sens dans l'infini de moi l'Esprit austère
Sûr de vaincre le Mal avec des yeux cléments.

Moi que le ciel tint dans ses bras, comme une mère
Berce un tout petit enfant trop faible encor,
Je regarde paisiblement ta face, ô Mort,
Et sans être troublé par ta flamme et tes ors
Je te regarde, ô Vie absurde et mensongère !

Le sourire de Dieu m'a nourri d'un lait fort
Et si dans les brasiers du mal, forgeron triste,
La tête en feu, les mains noires d'efforts,
Je m'exalte comme un artiste
Qui d'une gangue veut arracher un trésor,

C'est qu'il est dans l'Enfer des âmes qu'on délivre
Et des cœurs rougeoyants qu'il s'agit d'assouplir ;
Purifier le mal vaut le plus beau des livres
Tandis que Vivre pour soi seul n'est que Mourir.

Ah ! il n'est pas au ciel qu'une porte de gloire,
Les vrais élus ont tous passé par les obscurs
Ravins, où seuls ongles et dents font la victoire…
Tu n'auras l'air d'en haut que si tu romps les murs
Et le Péché vaut mieux qu'un Salut illusoire.

LA TÉNÉBREUSE

Le Poète

Je respire la mort en des heures clémentes
Où douce tu remplis ma chambre de ton cœur,
Tandis que mon front, qui ne craint plus que tu mentes,
Te songe telle que l'arome d'une fleur.

Ah ! nulle ne saura pénétrer dans mon âme
Aussi profondément que ton inanité ;
Peu m'importe la ligne impeccable et la femme !
Le Parfum de la Mort me vaut toute Beauté.

La caresse est suave où la chair est absente :
O volupté des doigts impalpables dans l'air
Et des lèvres qui par le néant d'un éclair
Suscitent le frisson obscur de l'épouvante !

Je t'ai connue en des existences fatales
Et lointaines, où nos deux cœurs fiers et jaloux
Impollués parmi les fêtes et les râles,
Côte à côte marchaient pareils aux jeunes loups

Es-tu l'Inspiratrice aux pourpres automnales,

Ou Celle qui s'en va riant par les faubourgs,

La Sainte qui meurtrit son grand front sur les dalles,

La Mère au cœur saignant d'éternelles amours ?

Tu peuples les jardins vagues d'une aventure

De bras nus et de voix chuchotantes d'espoirs ;

Je sens l'enlacement pur d'un mystère noir,

Par quoi j'ai devancé l'existence future....

LA TÉNÉBREUSE

Triste Voluptueux, cœur misérable, écoute

Dieu te parler ainsi qu'une cruelle sœur,

Et laisse les sanglots du ciel meurtrir ton doute,

O Toi qui n'as jamais souri que de douleur.

Ton chemin, qu'ombrageaient les arbustes moroses

Et que les fleurs de poison voulaient consoler,

Ton chemin, le voilà tout nud et désolé

Et te voilà, plus las qu'un vieillard, sous tes roses.

Je connais ton supplice, ô Voyageur charmant,

Toi qui ne trouvas point d'auberge à ton usage,

Toi l'exilé de tout pays, dont le visage

Se crispe d'un bonheur plus amer qu'un tourment.

Ton front se dessécha sur l'épaule des femmes,
Tel un lys vénéneux qui d'avoir tué meurt ;
Mais rien n'a pu tarir la fougue de ton cœur,
Ton cœur tout ruisselant, tout pantelant de flamme...

Triste Voluptueux, reste sur le chemin
Que les branches et que les fleurs abandonnèrent :
Dieu réside dans tes tourments ; et ta prière
Se parfume de ton solitaire chagrin.

Ton salut gît au fond de ton enfer livide,
Par ton dégoût pour cet univers qui te mord,
Par ta haine de toi si méchant et si vide,
Et par ces Soirs poignants où tu goûtas la Mort.

LE POÈTE

T'ai-je comprise, ô Ténébreuse ?
N'es-tu pas, n'es-tu pas l'ombre de mon amour ?
N'es-tu pas l'âme des vieux jours
Et l'amante victorieuse ?

LA TÉNÉBREUSE

Ah ! ne le sais-tu pas ?
Ton âme profonde ne te l'a-t-elle pas dit,
Que l'Amour divinise comme le Trépas,
Et que le Baiser c'est l'unique Paradis

Ne sais-tu pas, ne sais-tu pas

Que l'angoisse des soirs maudits,

Où tu sanglotas dans mes bras

Le dégoût de tout autre appas,

Te fait le roi superbe et las

Des humains désirs que tu t'interdis ?

Si tu ne le sais pas, je te le dis.....

LE POÈTE

O Voix d'Amante,

Voix pareille au chant des forces,

N'es-tu pas, Toi qui me tourmentes,

Et l'Inspiratrice et l'Amante ?

Tu es bien, Toi qui parles, la grande Force.

LA TÉNÉBREUSE

Ah ! ne le sais-tu pas ?

.... Que l'Amour est le rite ardent

Qui plie un Dieu calme et puissant

A descendre dans notre sang,

Et que sur tes pas, sur mes pas,

Se lèvent familièrement

Les sombres Esprits conquérants,

Nos frères, nos sœurs de là-bas ?

Ne sais-tu pas, ne sais-tu pas

Que l'ivresse des soirs tremblants,

Où tu souris parmi mes bras,

Te fait le roi suave et las,

Et le rédempteur languissant

D'un peuple invisible d'en bas,

D'un peuple qui pleure et t'attend ?....

..... Si tu ne le sais pas, écoute et comprends.

LE POÈTE

O Voix d'Amante,

Te voici plus proche, plus proche encor,

Te voici dans le grand décor

De l'Enfer, du Ciel et de la Mort ;

Tout près de moi se lamente

Ta Voix d'Amante.

Si ta lèvre dit le vertige,

Ton front, c'est la prière, et tes yeux la pensée ;

O fleur d'ivoire à sombre tige,

Qui sut jamais te dépasser ?

Je te tiens, voici ton corps...

Et voici que ton lent cheveu tisse une armure

A ma chair formidable et pure ;

Ton baiser me rend le plus fort ;

Mon poing est obéi par les Puissances Astrales,

Le méchant qui t'approche a gémi ses remords,

Et les Anges d'en haut par des mots de raffales

Me nomment le Seigneur de l'Amour et de la Mort !

LA TÉNÉBREUSE

Si j'ai broyé ton cœur impur, si j'ai broyé
Ton front d'orgueil, d'où le sophisme ambigu germe,
Si je n'ai fait de toi qu'un enfant effrayé,
Si tu plies sous une détresse sans terme,

C'est que tu dois jaillir de toi-même, nouveau,
Fils de ton sang, fils de tes taches;
C'est qu'ils ne sont pas faits à ton niveau
Le paradis des vils, l'enfer des lâches.

LE POÈTE

Je t'ai haïe infiniment ; je t'ai aimée
Infiniment ; j'eusse voulu
Engouffrer dans ton âme ainsi qu'une tempête
Mon âme à tout jamais ivre de cette fête
D'appartenir à toi sans s'appartenir plus !

LA TÉNÉBREUSE

Le Destin t'a brisé, car Dieu n'a pas voulu.

. . . .

LE POÈTE

Ta lèvre m'a charmé mieux que les chants de l'Inde,
Et tu m'as dit la Vérité comme le Christ,
O Femme, toi maître ineffable, tu m'appris
L'Arcane de douleur qui rédempte le monde.

Prière

Tu fus l'Enseignement fleuri sur la montagne,
La Doctrine enchantée où tout l'être se prend,
La Grâce qui conquiert sans combat, et qui gagne
L'âme en sanglots par un sanglot encor plus grand.

Le sang de Jésus-Christ, qui coule dans tes veines,
Glisse à ton cœur sauvage un suave tourment,
Et cette faim de se donner infiniment
Qui fait toutes amours — après — vagues et vaines.

Te souviens-tu des soirs où nous sentions la Mort,
Rôder autour de nous, ainsi qu'une lionne ?
Le Mal sortait sa griffe immense, et toi si bonne
Tu triomphais, plus pure et forte que la Mort.

Mais l'Ange de l'Abîme a jailli, face d'ombre,
Du fond d'un désespoir semblable à notre amour,
Et sa haine a rompu nos bras liés dans l'ombre,
Nos bras! Mais il n'a pu délier notre amour,

Car mon Esprit s'en va par les nuits de silence
Visiter ton esprit comme un mystique amant
Dont l'étreinte invisible, insatiablement,
Se repaît de ta tristesse et de ta substance.

. . . .

Ton Ame dans mon âme a laissé son sillage,

Et si mon front s'étoile au baptême de feu,

C'est que, Sainte, tu fis de l'enfant morne un Sage,

Et que tu m'as révélé Dieu !

PRIÈRE

Dieu m'a pris dans ses bras, comme un enfant fragile,
Et m'a bien dorloté contre son sein joyeux ;
Il a séché mes pleurs ; et ma plainte inutile
Est morte, et j'ai senti se dessiller mes yeux.

Il m'a parlé du fond de mes désespoirs mornes,
Et Lui seul a vers moi tendu ses doux bras forts :
J'ai deviné son infini, j'ai vu les bornes
De nos sentiments à peine nés déjà morts ;

Tous me fuyaient, mais Lui me sourit tendre et grave,
Il me montra l'étoile ardente au soir obscur
Et la belle cité qu'ignore une âme esclave,
Mais où tous nous reposerons parmi l'azur.

Il m'a dit : « Souffre et va trébuchant par les routes,
Et par l'impureté des vals et des sillons,
Mon regard t'accompagne, et, si parfois tu doutes,
Pleure, tu sentiras te bénir mes rayons.

« Tu es l'Elu, celui que J'ai dans la Lumière
Choisi pour désoler davantage son cœur,
Afin que de son front jaillisse la lumière
Et que son cœur sanglant soit frère de mon Cœur ! »

Puis Il m'a dit encor : « Je suis jaloux et sombre.
L'Absolu que Je suis est horrible et profond.
Ne cherche plus, parmi le terrestre décombre,
La vanité de quelque autre amour moribond.

« Puisque tu t'exaltas loin des chairs et des rires
Dans l'effroi d'être seul et de tenter la mort,
Poursuis-moi par la chasteté de tes délires
Jusqu'au seuil du grand ciel où régnera ta mort !

« Mais si tu redescends vers l'Argile et la Chute,
Tu tournoiras pris au vertige du Démon,
Et je ne pourrai pas empêcher dans la lutte
Que la matière ne pénètre dans ton front...

« N'aime plus que Moi seul, sois l'âpre solitaire !
Et si rayonne infiniment ta charité
Vers les bons et vers les méchants et vers la Terre,
N'abandonne qu'à Moi ton immortalité. »

TABLE DES MATIÈRES

TENTATION

PRIÈRE

27-1-5. — TOURS, IMP. E. ARRAULT ET Cⁱᵉ.